Zwanzig kleine Parabeln rund um die Natur, die in unserer jetzigen Zeit vielleicht etwas zu kurz kommt, obwohl wir doch alle ein Teil von ihr sind und sie auch in uns tragen. Wir nehmen uns meist nicht die Zeit, sie zu betrachten und einfach sein zu lassen ...

Thomas Ulsperger

Im Spiegel der Birke

Alles Lebendige dieser Erde kann für uns ein Buch, Gemälde und Spiegel sein

1.Neuauflage im Juli 2013

© 2013 ***Thomas Ulsperger****, München,
amarok.inuk@web.de*

Illustration: Thomas Ulsperger

*Herstellung und Verlag: BoD – Books on Demand,
Norderstedt*

ISBN: 978-3-7322-5422-4

Die zwanzig Geschichten

Die listige Schlange	*9*
Der blühende Kaktus	*11*
Die zwei Bäume	*12*
Der einsame Wolf	*13*
Der treue Fuchs	*15*
Die alte Eiche	*16*
Der starke Bär	*17*
Der Lauf des Flusses	*20*
Der heranwachsende Elch	*21*
Der große Baum	*26*
Das Leben der Schwäne	*27*
Der Weg zum Meer	*29*
Die Freiheit der Wildgans	*31*
Die Biene	*33*
Der junge Biber	*34*

Der Flug des Adlers   *36*

Die Ente   *37*

Der gewandte Puma   *39*

Der Frosch   *41*

Der Kampf im Wald   *43*

Die listige Schlange

Wenn die wärmeren Tage im Frühjahr häufiger werden, kommt auch wieder mehr Leben in die Tier- und Pflanzenwelt. Die Bäume schicken sich an, ihre kahlen Äste wieder von Neuem mit Blättern zu bedecken, die ersten Vögelein sind bereits geschlüpft und die Murmeltiere genießen die ersten warmen Sonnenstrahlen nach dem langen Winterschlaf.

Auch die Schlange kriecht wieder aus ihrem Versteck hervor, in dem sie die kalte und dunkle Zeit verbracht hat. Sie schlängelt sich gewandt über Steine und durch Wiesen auf der Suche nach Mäusen, Echsen, Fröschen und ähnlichen Tieren, die ihr als Nahrung dienen sollen.

Auf ihrer Jagd bemerkt sie plötzlich, daß noch weit über ihr am Himmel ein Adler seine Kreise zu ziehen beginnt. Sie weiß, daß der Adler sie mit seinem scharfen Blick bereits erspäht hat und daß nun sie, die sie doch selbst ein gefürchteter Jäger ist, zur Beute werden könnte.

Sie eilt, so schnell sie kann, davon.

Was sie noch nicht sehen kann, aber zum Plan des Adlers gehört, ist der reißende Fluß nicht sehr weit vor ihr in der Richtung, in die sie flieht.

Als sie diesen erreicht, scheint ihr Schicksal besiegelt. Der Adler denkt an die beiden Möglichkeiten, die der Schlange noch bleiben: entweder sie wird seine Beute – ein Zurück gibt es nicht mehr – oder sie wird *versuchen, durch den Fluß zu entkommen, was aber ebenfalls ihren sicheren Tod bedeuten würde.*

Der Adler sieht schon wie der sichere Sieger aus, doch da erinnert sich die Schlange an einen verlassenen Fischotterbau am Ufer. Sie eilt mit ihren letzten Kräften dorthin und verschwindet in seinem Inneren und lässt sich nicht mehr blicken, bis der Adler erkennen muß, daß er verloren hat und wieder abzieht ...

Der blühende Kaktus

Mitten in einem Canyon, umgeben von hohen Bergen, liegt eine kleine Wüste. Kein Bach oder Fluß Hat sich je einen Weg dorthin bahnen können. Es gibt dort nur Steine und Sand – und einen Kaktus.
Es kommt sehr selten vor, daß eine Wolke die hohen Berge, die wie eine riesige Mauer um die kleine Wüste stehen, überwinden kann.
Aber wenn es eine schafft, dann regnet es dort. Und der Kaktus beginnt zu wachsen und zu blühen in einer Pracht, die selbst die Berge zum Staunen bringt. Doch es dauert meist nicht lange, da hat die Sonne mit ihren heißen Strahlen die Wolken wieder aufgelöst.
Der Kaktus nimmt dann bald wieder seine alte unscheinbare Gestalt im Schatten der Berge an. Manchmal frägt sich der Kaktus, wann und ob überhaupt wohl eine so große Wolke die Berge überwinden wird, um nicht nur ihn zum Blühen zu bringen, sondern um auch der kleinen Wüste, deren Bestandteil er ja ist, mehr Leben zu schenken – und die auch einen Kampf mit der Sonne nicht meiden wird ...

Die zwei Bäume

Eines Tages sah ein Wanderfalke auf einer Lichtung im Wald viele kleine Bäume, die dicht beieinanderstanden. Etwas abseits wuchsen auch zwei kleine Bäume – zwischen ihnen war aber ein Abstand.
Nach Jahren kam der Wanderfalke wieder zu jener Lichtung.
Die meisten Bäume waren zwar gewachsen, doch viele von ihnen starben beim Kampf ums Großwerden ab. Sie hatten auch bei weitem nicht die Größe und die Schönheit der beiden Bäume, die etwas abseits standen und heranwuchsen.
Obwohl sie als kleine Bäume weit auseinanderstanden, waren sie sich jetzt sehr nahe. Und je älter sie wurden, um so mehr wuchsen sie ineinander, ohne sich gegenseitig zu schaden – im Gegenteil, sie schützten und stützten sich - und ohne, daß ihre Wurzeln sich berührten ...

Der einsame Wolf

Der Winter im Norden brach an. Heftige Schneestürme peitschten über die Tundra und kleideten alles in ein weißes Gewand.
Da die Nahrung nun sehr knapp war, schlossen sich die Wölfe zu größeren Rudeln zusammen. Da sie sehr hungrig waren, machten sie nicht mal vor ihresgleichen halt.
Es gab aber auch einige Verwegene, die sich alleine oder zu zweit durchschlugen.
Wenn ein Rudel auf solche traf, wurden diese erbarmungslos gejagt, umstellt und getötet.
So kam es eines Tages, daß zwei gemeinsam in der Tundra lebende Wölfe einem Rudel hungriger und aggressiver Wölfe begegnete, das sofort begann, die beiden zu hetzen.
Vor einem Fluß schien die Jagd zu Ende zu sein – es gab nur noch einen Fluchtweg. Und der führte mitten durch den kalten und reißenden Fluß.
Hier trennten sich die Wege der bis dahin gemeinsam lebenden, doch in ihrem Inneren immer einsamen, Wölfe.
Während der eine all seinen Mut zusammennahm und ins eiskalte Wasser sprang, versuchte der andere durch Gesten der Beschwichtigung das Rudel von seiner mörderischen Absicht abzubringen.
Doch das Rudel geriet – durch die Jagd aufgepeitscht -

noch mehr in Aggression und fiel über den Wolf her und tötete ihn.

Der andere konnte sich nach langem Kampf mit dem eisigen Wasser des Flußes ans andere Ufer retten und verschwand nach kurzer Zeit, ohne sich noch einmal umzudrehen, zwischen den Zwergbirken in der Weite der Tundra ...

Der treue Fuchs

Einst lebte in einem Wald ein Fuchs. Er hatte immer genug zu fressen und zu trinken.
Doch in einem Jahr blieb auf einmal der Regen aus. Das machte dem Fuchs jedoch wenig aus, hatte er sich doch ein großes Vorratslager zugelegt und kannte Stellen, wo es auch bei Trockenheit Wasser gab.
Im darauffolgenden Jahr blieb der Regen abermals aus. Das Land begann, sich langsam, kaum merklich, zu verändern. Aber der Fuchs wollte sein Revier nicht verlassen – noch hatte er Reserven.
Als der Regen allerdings in den nächsten Jahren erneut ausblieb, überlegte sich der Fuchs, ob er sich seinem veränderten Lebensraum anpassen oder ein anderes Revier suchen sollte.
Was nun schließlich aus dem Fuchs geworden ist, konnten die Bäume nicht mehr erzählen – sie waren bereits vertrocknet und abgestorben ...

Die alte Eiche

Inmitten eines kleinen Haines stand eine alte Eiche.
Sie war schon mehrere Jahrhunderte alt – und diese gingen nicht spurlos an ihr vorbei. Wind, Regen, Gewitter, Schnee und Kälte setzten ihr im Laufe ihres langen Lebens zu.
Eines Tages im Herbst wurde der kleine Hain von einem schrecklichen Unwetter heimgesucht.
Dieser Sturm bedeutete das Ende der alten Eiche.
Nach langem Kampf mit dem Wind, von Blitzen getroffen, fiel der Baum schließlich krachend, nach Aufgabe seiner letzten Kräfte, zu Boden.
Er hatte sein Leben verwirkt.
Doch die anderen Bäume, die um die alte Eiche gestanden hatten, vergaßen sie nie. War sie es doch, die sie in ihrem Schatten vor Wind und Wetter schützte und groß werden ließ ...

Der starke Bär

Hoch oben in der Tundra lebte einst ein Bär. Für ihn gab es keine Zwänge und Pflichten. Mal ging er an den Fluß, um Fische zu fangen oder um seine Kräfte mit anderen Bären zu messen – mal graste er friedlich an einem Berghang – mal streifte er reife Beeren von den Zwergsträuchern, um sich daran zu erfreuen. Und wenn er mal zu gar nichts Lust verspürte, legte er sich in den Schatten einer alten Kiefer und döste vor sich hin.
Doch eines Tages erschienen plötzlich seltsame Wesen mit komischen Stöcken in den Händen in der Tundra. Alles ging so schnell, daß er es kaum mitbekam.
Er hörte nur noch einen lauten Knall – dann wurde er langsam müde und schlief schließlich tief und fest ein.
Als er wieder aufwachte, befand er sich in einer viel zu kleinen Höhle, deren Eingang von dicken, harten Stöcken versperrt war.
Auf der anderen Seite der Stöcke liefen Tag für Tag viele jener merkwürdigen Wesen vorbei. Er war ihren Blicken und Neckereien hilflos ausgeliefert.
Eines der Wesen schien jedoch nicht so zu sein wie die anderen. Von ihm bekam er immer etwas zu fressen. Es blieb auch öfter mal bei ihm und gab seltsame Laute von sich. Auch schien es dem Bären, daß jenes Wesen ihn manchmal bewunderte, als es so dastand und ihn beobachtete.

Doch in seinen Augen sah er auch gleichzeitig so etwas wie Mitleid und Traurigkeit.
Der Bär fühlte sich aber trotz jenes Wesens nicht wohl. Seine Züge waren auch nicht mehr die heiteren wie früher, als er noch frei durch die Bergtäler entlang an klaren Bächen streifte.
Jetzt lag er meistens in einer Ecke seiner viel zu kleinen Höhle und sehnte sich zurück nach den alten unbeschwerten Zeiten.
Eines Tages jedoch entdeckte der Bär, daß vor einigen dieser harten Stöcke die Erde sehr weich war – und er begann, dort zu graben. Er achtete darauf, daß ihn keines jener Wesen beobachtete.
Jedesmal, wenn eines auftauchte, legte er sich auf diese Stelle und schaute so gelangweilt wie immer.
Er grub so lange, bis einige der Stöcke nachgaben. Dann wartete er einen günstigen Augenblick ab, nahm alle seine ihm noch gebliebenen Kräfte zusammen, zwängte sich durch die entstandene Lücke und lief so schnell er konnte.
Als er an einen Fluß gelangte, folgte er seinem Lauf stromaufwärts, bis er an eine Stelle kam, die ihm bekannt vorkam.
Er war wieder dort, wo er früher, bevor ihn die schrecklichen Wesen seiner Freiheit beraubten, Fische fing und im Wasser spielte. Er rannte durch die ihm vertrauten Wälder, naschte Beeren, trollte über Lichtungen und lauschte dem Zwitschern der zahlreichen Vögel.
Als sich die Sonne langsam am Horizont verabschiedete, suchte der Bär den Platz unter der alten Kiefer auf und legte sich nieder.

Alles war wieder wie früher.
Vergessen war sein viel zu enges „Zuhause" bei den komischen Wesen.
Lediglich an ein paar, die ihn nur betrachtet hatten, und an das eine, das ihm zu fressen gab, erinnerte er sich manchmal kurz – um gleich darauf wieder dem Rauschen der Gräser im Wind zu lauschen ...

Der Lauf des Flusses

Am Ufer eines großen Sees stand ein Baum. Er war mächtig und stand da schon jahrelang und beobachtete seine Umgebung.
Besonders das, was sich unter Wasser so alles abspielte. Er betrachtete die Pflanze, die Steine und ganz speziell die Fische.
Er sah den Hecht, der allein dicht am Ufer zwischen dem Schilf weilte, fast regungslos auf Beute lauernd –
Die Lachse in losen Verbänden, für die der See nur eine Zwischenstation auf dem Weg zu ihren Laichgründen weiter oben in den Flüssen ist –
Eine Schule von Aiteln, die in Ufernähe gemächlich dahinschwamm –
Schließlich einen flink umherschwimmenden Schwarm von Rotfedern, der ständig Acht geben musste, daß kein Räuber wie der Hecht in seiner Nähe lauerte.
Und so stand der Baum dort, bis eines Tages der See über seine Ufer trat, den Baum mit sich mitriß und in seinen Fluten begrub ...

*D*er heranwachsende Elch

*E*s war Sommer und die Sonne strahlte vom weißblauen Himmel auf die Wälder, Wiesen und Seen. Und auch auf den Sumpf, der zu Füßen der weite, großen und mächtigen Bergkette lag.

*In und um dieses Sumpfgebiet lebten viele Tiere:
Biber, Eulen, Luchse, Gänse – und auch ein kleiner
Elch.
Während seine Mutter im Wasser stand und
Unterwasserpflanzen äste, spielte er mit anderen
kleinen Elchen auf einer nahegelegenen Wiese.
Im Laufe der Zeit unternahm er auch mal kleinere
Ausflüge in die Umgebung. So gelangte er eines
Tages zu jenem Gebirge, von dem er schon so vieles
von den älteren Elchen gehört hatte.
Er lauschte den Vögeln, die die unvorstellbarsten
Geschichten über das Land jenseits der Berge sich
zuzwitscherten.
Jetzt hatte ihn das Fernweh und die Abenteuerlust
gepackt. Er wollte unbedingt in dieses Land hinter
den Bergen.
Als der Elch heranwuchs, wurden die Spiele mit
seinen Kameraden immer seltener, seine Mutter sah er
auch nicht mehr so oft.
Auf seinen Ausflügen überwandt er bald einige der
Hügel, die vor der Gebirgskette lagen. Doch er kehrte
stets wieder zu dem Sumpf zurück, um mit den jetzt
ebenfalls ausgewachsenen Spielkameraden seiner
Kindheit seine Kräfte zu messen.
Eines Tages, als er bereits im Mannesalter war, traf er
eine Elchkuh, die etwa in seinem Alter war. Er
freundete sich mit ihr an und sie verbrachten viele
gemeinsame Stunden, Tage und Wochen miteinander.
Und so wurden seine Streifzüge zu den Bergen immer
seltener.*

Er musste "seine Elchin" und ihren gemeinsamen Nachwuchs vor Feinden ebenso wie sein durch viele Kämpfe erworbenes Revier vor anderen Elchen schützen und verteidigen.
Und doch fand er noch immer etwas Zeit, in die Richtung zu wandern, in der die Berge waren. Sein Traum war noch lebendig in ihm.
Ob er aber jemals die hohen Berge überschritten und das Land dahinter gesehen hat, können nur die Berge selber berichten, die wie schon seit Jahrtausenden dort am gleichen Platz stehen und das Land mit ihren Gipfeln überragen und von oben herab überschauen ...

Der große Baum

Es war die Zeit, in der die Bäume ihre Samen mit Hilfe des Windes über Wiesen, Felder und Wälder zu verstreuen versuchten.
Nicht alle Samen landeten auf fruchtbarem Boden. Sie waren schon, bevor sie zu leben beginnen konnten, zum Sterben verurteilt. Einige landeten in Seen oder Flüssen, andere wiederum zwischen Steinen – einer flog auf eine kleine Lichtung nahe am Waldrand.
Dort wurde er im Herbst von Laub bedeckt, welches seinerseits im Winter unter dem Schnee verschwand. Im Frühjahr nach der Schneeschmelze war aus dem Samen bereits ein kleiner Sprössling geworden, der über den Sommer hin zu einem kleinen Bäumchen heranwuchs. Seine ersten Herbststürme überstand der kleine Baum gut – auch der Winter darauf konnte ihm nichts anhaben. Und so wuchs der kleine Baum immer weiter der Sonne entgegen.
Eines Tages strich ein Unwetter über die Lichtung und den Baum dahin. Die Blitze spielten ihm übel mit und er verlor seine Spitze und einige dickere Äste. Doch der Baum war noch voller Saft und Energie. Und so wuchs er weiter und weiter gen Himmel. Im immer wechselnden Lauf der Jahreszeiten wurde aus dem unscheinbaren Samen ein großer und starker Baum, dem weder Wind noch Wetter etwas anhaben konnten ...

Das Leben der Schwäne

An einem kleinen See in der baumlosen Tundra, der ringsum mit Schilf bewachsen war, lebte ein Paar Singschwäne.

Jedes Jahr im Frühling kamen sie in dieses Paradies zurück von ihrem Winterquartier im fernen Süden. Wenn sie gemeinsam auf dem See schwammen, war das ein Bild der vollkommenen Harmonie – so wie auch alles andere, das die beiden gemeinsam taten. Selten gab es Streit zwischen ihnen.
Sie benutzten immer das gleiche Nest, um hier zu brüten und um ihre Jungen großzuziehen. Während

das Weibchen die Eier bebrütete, bewachte das Männchen das Nest und die Umgebung um den See. Gegen andere Schwäne, die ihnen den See streitig machen wollten, reagierten sie sehr aggressiv und vertrieben diese. Auch die Kolkraben und die Polarfüchse, die ihre Eier und später auch ihre daraus schlüpfenden Küken für leichte Beute hielten, wurden fehement in die Flucht geschlagen.
Beide Eltern kümmerten sich aufopferungsvoll um die Aufzucht ihres Nachwuchses. Sie führten ihre Jungen ins Wasser, zeigten ihnen, was sie fressen sollten und brachten ihnen bei, vor wem und was sie sich in Acht nehmen sollten.
Als der Sommer sich dem Ende zu neigte, begannen die Jungschwäne bereits ihre ersten Flüge zu unternehmen – bald konnten sie ebenso gut fliegen wie ihre Eltern.
Als die Zeit der Herbststürme und ersten Schneefälle in der Tundra vor der Tür stand, verließen alle Schwäne den See, um im nächsten Frühjahr wieder hierher zurückzukehren von ihrem Überwinterungsplatz im Süden – jedoch nur die beiden Elternschwäne kamen wieder zu diesem See – die jungen Schwäne mussten jeder für sich einen Partner finden und einen ebenso friedlichen und idyllischen Ort wie diesen suchen ...

Der Weg zum Meer

Wenn die Tage im Frühjahr wieder länger werden und die Kraft der Sonne stärker wird, beginnen im Gebirge die riesigen Schneemassen zu tauen.
Zuerst sind es nur Tropfen, die von den Bergwänden herunterplätschern. Doch noch in den Felsen vereinigen sie sich zu kleinen Rinnsalen, bis schließlich am Fuß der Berge ein kleines Bächlein entsteht.
Kühl, klar und sauber fließt es über Steine und durch Schluchten. Bereits als Bach verlässt es den Schutz der Berge. Er bahnt sich nun weiter seinen Weg durch üppige Wälder und seine Ufer sind bald mit Schilf gesäumt. Alle drei zusammen – Bach, Schilf und Wald – dienen jetzt vielen Lebewesen als Aufenthalt und Lebensraum.
Je mehr er sich der großen Ebene nähert, um so öfter stehen an seinen Ufern komische eckige Gebilde. Und an je mehr dieser komischen Gebilde er vorüberkommt, um so trüber und wärmer wird der kleine Fluß. Auch besitzt er nun nicht mehr die Frische und Lebendigkeit, die er noch in den Bergen versprühte.
Bereits in der Ebene angekommen, vereinigt er sich mit anderen Flüsschen, um zu einem Fluß zu werden. Sein Wasser wird nun zusehends brauner und dreckiger.

Er fließt kaum noch durch Wälder, nur vereinzelt stehen noch Bäume an seinen Ufern. Immer breiter und langsamer windet er sich durch die Ebene.
Die Fische, denen er als Lebensraum dient, zeigen bei weitem nicht mehr die Vielfalt, Vitalität und Schönheit wie jene, die er im Gebirge beheimatete.
Kurz bevor er das große und weite, alles in sich aufnehmende Meer erreicht, verzweigt er sich noch einmal. Er fließt nur noch sehr langsam und wird auch immer seichter.
Sein Wasser hat sich schon teilweise mit dem des Meeres vereinigt. Im Meer angelangt, zwängt er sich noch eine Zeitlang an der Küste entlang, um weiter draußen sich mit dem Wasser des Meeres zu vereinen und sich in dessen Tiefen zu verlieren ...

Die Freiheit der Wildgans

Auf ihrer Wanderung über Wälder, Berge, Seen und Tundren kam eine Wildgans eines Tages an einem Teich vorbei, der schon von einigen anderen Gänsen bewohnt war.
Weil der Teich und seine Umgebung ihr gefielen und die anderen Gänse ihr freundlich gesonnen zu sein schienen, beschloß sie, eine Weile zu bleiben.
Jeden Morgen kam ein großes Wesen an den Teich, das entlang des Ufers Nahrung für die Gänse verstreute.
Anfangs ergriff die Wildgans die Flucht, wenn dieses Wesen auftauchte. Doch als sie bemerkte, daß es ihr und den anderen Gänsen kein Leid zufügen wollte, blieb sie – wenn auch mit etwas Abstand zu dem Wesen, dem es nicht so richtig traute.
Auch gab es an dem Teich einen kleinen Unterstand, der den Gänsen bei schlechter Witterung als Schutz diente. Wie die Gans erfuhr, war dieser von dem Wesen bebaut worden, das den Gänsen auch das Raubwild wie den Fuchs oder den Marder vom Leibe hielt.
Der Sommer zog ins Land und die Wildgans genoß ihn unbeschwert und scheinbar glücklich an diesem Ort.
Eines Tages gelang es doch dem Fuchs unbemerkt von dem großen Wesen eine Gans zu erlegen. Erst jetzt fiel der Wildgans auf, daß die anderen Gänse gar

nicht fliegen konnten – auch ihr Äußeres war nicht so bunt und schön wie das ihre.
Darüber hinaus bemerkte sie jetzt auch, wie fett und unbeweglich sie selbst im Laufe des Sommers geworden war. Fast hatte sie schon vergessen, wie schön und frei es war, über Berge, Täler, Seen und Flüsse zu fliegen.
Und so beschloß sie, noch vor dem nahenden Winter mit einigen vorbeiziehenden Wildgänsen weiterzufliegen und diesen scheinbar sicheren Ort zu verlassen ...

Die Biene

Es war Frühling im Wald geworden. Die Sonnenstrahlen drangen durch die Baumkronen bis auf den Waldboden herab. Die Vögel zwitscherten vergnügt und die Sträucher und Bäume wurden von Tag zu Tag grüner. Im Wald und auf den Lichtungen blühten Blumen in den prächtigsten Farben. Die Luft war erfüllt von ihrem lieblichen Duft.
Ihre Farben und Düfte lockten die emsigen Bienen an, die einzeln oder in kleinen Schwärmen durch den Wald und über die Wiesen zogen.
Sich nie lange an einer Blüte aufhaltend, flogen sie so lange von Blume zu Blume, bis sie genug gesammelt hatten und erschöpft waren. Erst dann flogen sie in ihren Stock zurück, um sich auszuruhen und neue Kräfte zu sammeln, um schon bald darauf wieder loszuziehen.
Erst wenn ihre Kräfte endgültig nachließen, blieben sie dauernd im Schutze des Stockes, um dort den Rest ihres ohnehin kurzen Lebens zu verbringen ...

Der junge Biber

Im hohen Norden bahnte sich ein Fluß seinen Weg durch das Land. Er floß durch Wälder, stürzte in Wasserfällen in tiefe Täler und schlängelte sich durch Schluchten. Kurz bevor er in einen See mündete, wurde er noch von einem künstlichen Hindernis aufgehalten – von einem Biberdamm.
Dieser wurde von einem Pärchen Biber errichtet, das in und um diesen See sein Zuhause hatte.

Die ganze Nacht und oft auch tagsüber waren sie damit beschäftigt, Bäume zu fällen, um den Damm zu erhalten und um Vorräte darin einzulagern, die ihnen durch den strengen Winter helfen sollten.
Die beiden führten ein ruhiges und zufriedenes Leben und sie hatten auch kaum Feinde. Nur ab und zu stellen ihnen Wolf, Bär oder Vielfraß nach, wenn sie

sich an Land begaben. Im Wasser waren sie aber von niemandem zu erreichen.
Als eines Tages das Eis des Sees im Frühjahr geschmolzen war, waren es nicht mehr zwei, sondern drei Biber, die auf dem See schwammen. Die beiden Biber waren Eltern geworden.
Der kleine Biber spielte vergnügt mit seinen Eltern. Diese waren aber jetzt besonders vorsichtig und bei jeder kleinsten Störung, die den Frieden am See beeinträchtigte, schlugen sie mit ihren kellenförmigen Schwänzen auf die Wasseroberfläche als Warnzeichen für den Kleinen, der daraufhin sofort untertauchte und dem sicheren Damm entgegenschwamm, in dem er das Licht der Welt erblickt hatte.
Der kleine Biber wuchs schnell heran und lernte von Mutter und Vater, was essbar war und wer seine Feinde waren. Auch wurde er in die Künste des Burg- und Dammbauens eingeführt.
Es waren unbeschwerte und glückliche Zeiten, die der kleine Nager an diesem See verbrachte.
Zwei Winter waren bereits vergangen, da wurde der Bibervater von Tag zu Tag unfreundlicher und aggressiver gegenüber dem nun bereits ausgewachsenen jungen Biber. Er durfte jetzt auch immer seltener den Schutz der Biberburg aufsuchen.
Und so beschloß er, von nun an sein Leben in seine eigenen Hände zu nehmen und er verließ den See, den er nie wieder in seinem Leben sehen sollte.
Das Erlernte und die Erinnerungen waren das Einzige, was er mit auf seine ungewisse Reise nahm ...

Der Flug des Adlers

Es war Sommer im Gebirge geworden. Die Berge blickten auf die üppigen Bergweiden mit all den blühenden Blumen und Gräsern herab. Die Murmeltiere sonnten sich auf Felsen vor den Eingängen ihrer unterirdischen Baue, die Kitze der Steinböcke scherzten in schwindelerregenden Höhen auf kleinen Felsvorsprüngen miteinander und die Bergfinken zwitscherten sich fröhlich von der einen zur anderen Latschenkiefer zu.
Hoch über dem allen und über den Gipfeln drehte ein Adler seine Kreise. Ein wahrlich majestätisches Bild wie er so im Sog der warmen aufsteigenden Luft der vom blauen Himmel strahlenden Sonne immer näher zu kommen schien. Nur dort oben fühlte er sich frei und ungezwungen.
Ansonsten musste er sein Revier gegen Eindringlinge verteidigen, musste auf die Jagd gehen und musste sich um seinen Horst kümmern, in dem seine Partnerin und ihr gemeinsamer Nachwuchs lebte.
Nur wenn er allein der Sonne entgegenschwebte, wurde er von all den anderen Geschöpfen des Gebirges als König angesehen, den sie verehrten und beneideten.
Für die Berge aber war er ein Lebewesen wie jedes andere, das um sie herum lebte ...

Die Ente

In einem Wald lag ein kleiner See. Sein Ufer war ringsherum mit Schilf bewachsen und auf seiner Oberfläche blühten die Seerosen, die Frösche quakten vergnügt und die Libellen schwebten elegant und gewandt über das Wasser.
An diesem See lebte auch eine Ente.

Mal schwamm sie auf dem Wasser, mal tauchte sie nach Unterwasserpflanzen. Ab und zu ging sie auch an Land, wo sie mit ihrem Watschelgang etwas unbeholfen wirkend nach Essbarem suchte.
Wenn Gefahr vom Fuchs drohte, erhob sie sich etwas behäbig in die Lüfte, um sich nach einigem Kreisen wieder auf dem sicheren See niederzulassen.
Sie war das vielseitigste Tier an und um den kleinen See.

Sie hatte gegenüber den anderen Tieren immer einen Vorteil:
Konnten doch die Fische nur unter Wasser schwimmen – der Fuchs konnte nicht fliegen – der Falke nicht tauchen.
Trotzdem musste sie stets auf der Lauer sein vor Feinden:
War doch der Falke ein gewandterer Flieger – der Fuchs ein schnellerer Läufer – der Otter ein ausdauernderer Taucher und besserer Schwimmer ...

Der gewandte Puma

Der Winter hatte den Bergen den Rücken gekehrt und die Bergwiesen hatten sich von Schnee und Eis befreit, um in den leuchtendsten Farben zu erblühen. Die Schneeziegen brachten ihren Jungen die ersten Kniffe bei, die sie zum Überleben in den Felswänden brauchten. Weiter unten im Tal führte eine Bärin ihre Jungen über satte Wiesen und die Schmetterlinge flatterten von Blüte zu Blüte.
Und irgendwo dazwischen lag ein Puma in der Sonne.
Ihn schien das alles wenig zu beeindrucken, wie er so auf einem Felsen die ersten wärmenden Sonnenstrahlen nach dem harten Winter genoß.
Doch mit einem Mal kam Leben in seinen reglosen Körper – seine ausgezeichnet funktionierende Nase bekam Witterung von einer möglichen Beute.
Er drückte sich, so gut er konnte, an den Felsen. Es sah beinahe so aus, als wäre er ein Teil des Steines, auf dem er lag. Seine Augen und Ohren, so starr sie auch wirken mochten, waren voller Bewegung. Jeder seiner Muskeln und Sehnen war bis aufs Äußerste angespannt.
Als die Beute in eine für ihn günstige Entfernung kam, schnellte er plötzlich von seinem Platz hoch auf diese zu.
Jetzt offenbarte sich erst die ganze Schönheit, Kraft und Eleganz seines Körpers. Es dauerte nicht lange,

da hatte er den Schneehasen mit mächtigen Sprüngen eingeholt und geschlagen.
Dieses Mal war er als Sieger hervorgegangen – doch wie oft hatte er wohl davor sein Ziel verfehlt?
Das konnten die schnelldahinziehenden dunklen Wolken am Himmel über den Bergen nicht mehr erzählen. Die Kraft der Sonne hatte sie bereits verdampfen lassen, ehe sie die große Ebene erreichten ...

Der Frosch

An einem See war der Frühling angebrochen. Rings um ihn herum erblühten die Wiesen und Wälder zu neuem Leben.
Bei den Tieren gab es bereits Nachwuchs – kleine Füchse spielten vor ihren Bauen und Hirschkälber sprangen übermütig auf den Lichtungen umher.
Und so verhielt es sich auch im See. Im Schutze des Schilfes schlüpften kleine Fische aus ihren Eiern und aus den Froscheiern entstiegen kleine Kaulquappen. Es war ein reges Treiben inmitten der vielen Schilfstengel. All die jungen Lebewesen waren noch recht schutzbedürftig und so zogen sie gemeinsam in Schwärmen durch das Schilf. Wenn gerade keine Gefahr drohte, spielten Fische und Kaulquappen vergnügt miteinander und lernten dabei vieles Nützliche für ihr späteres Leben. Doch dies sollte nicht für immer so sein.
Was die Fische nicht wussten, die Kaulquappen würden eines Tages zu Fröschen werden, um das Wasser und das Schilf als ihr bisheriges Zuhause zu verlassen.
Und so kam es auch. Die Wochen verstrichen und eines Morgens waren nur noch die kleinen Fische im Schilf unterwegs. Aber auch ihre Weg verloren sich im Laufe ihres Großwerdens.

So wurden einige zu räuberischen Einzelgängern, andere schlossen sich zu dichten Schwärmen zusammen und wiederum andere bildeten lockere Gemeinschaften.
Eines Tages kam ein Frosch, der an diesem See großgeworden war, an diesen zurück.
Er musste schnell erkennen, daß nichts mehr so war, wie er es als Erinnerung auf seiner Wanderung mit und in sich getragen hatte.
Er konnte nicht mehr mit und unter den Fischen leben, obwohl er es sich so sehr wünschte. Die einen nahmen vor ihm Reißaus, andere trachteten ihm sogar nach dem Leben.
Doch es gab auch noch weitere Frösche an dem See. Mit ihnen hatte er trotz einiger Unstimmigkeiten noch immer ein gutes Auskommen – und so blieb es auch - bei seinen Wanderungen zwischen zwei so verschiedenen Welten ...

Der Kampf im Wald

Die Sonne stieg hinter den Bergen immer höher und höher und ließ ihre Strahlen auf einen Wald hernieder, der sich gerade vom Nebel zu befreien versuchte. Immer deutlicher wurden die Umrisse der Bäume.
Viele der Bäume waren schon ziemlich alt und groß und der Schatten ihrer Kronen ließ kaum andere Pflanzen nahe ihren Wurzeln groß werden.
Als sich der Nebel schließlich aufgelöst hatte, zeichnete sich ein Loch im Dach der hohen Bäume ab. Dort stand ein kleinerer Baum umgeben von einigen Sträuchern. Sie blühten in den schönsten Farben und ihre Blüten verbreiteten einen lieblichen Duft.
Ein besonders hübscher und reizender Strauch stand dem kleinen Baum sehr nahe.
Obwohl der kleine Baum genauso aussah und auch das gleiche Alter wie die großen Bäume hatte, war er doch im Vergleich mit diesen ziemlich klein geblieben.
Die Berge erzählten, daß in vergangenen Zeiten, als noch all die Bäume klein und gleichgroß waren, einige Sträucher unter ihnen ihre Wurzeln schlagen konnten.
Und so kam es, daß der Baum kaum größer werden konnte, weil sich seine Wurzeln ständig gegen die der Sträucher erwähren mussten.

Wie lange dieser Kampf noch ging und wer als Sieger aus ihm hervorging, konnte die Sonne nicht mehr berichten – sie war bereits wieder hinter den Bergen verschwunden, um im nächsten Jahr erneut die lange Nacht zu verdrängen ...

Vielen Dank an alle, die mich nicht entmutigt haben, dieses Buch werden zu lassen.

Für Euch